註東坡先生詩

卷十一

丁酉四月一日
瓊山吳典觀

鄭芷畦湖錄一條：施元之注東坡詩四十二卷，年譜目錄各一卷，傳是樓有宋刊本，殘闕不全。予友吳閶張敏求借抄之，細閱書中，向解題元之華詩題下小傳低數字，乃武子補注文，故道孝所謂從而推廣之者此也。匕吳中新刻本盡削去之，殊可惜耳。

癸丑十二月十九日以合裝蘇齋圖供
先生像前同人小集拜公生日方綱記

魚詩

嘉慶癸酉春正月二十有三日朝鮮使臣
經筵講官內閣提學原任三館大提學判中
樞府事斗室沈象奎与其客淡山朴譱性仝
觀于蘇齋

癸丑十一月始知丹林家藏有宋景定重鐫施注全本今不知落誰氏矣因馮星實書來為悵訝久之 方綱記

同觀者桐鄉陸費墀丹林也 蒨又書

庚戌八月來京師過蘇齋謹觀

錢唐梁同書

[illegible]刊施注本跋云坡詩多本獨淮東倉司所刊明淨端楷
為有識所賞羽承乏於茲暇日偶取觀汰其字之漫者大小七
萬一千五百七十七計一百七十九板命工重梓他時板浸古漫
字浸多後之人好事必有賢於羽者矣景定壬戌中元吳門鄭羽題
按嘉泰二年壬戌至景定三年壬戌正六十年而板已漫者至百七十九片
之多則今吾齋所得宋槧本雖多蠹蝕而板未漫漶是當時鋟板未久
所刷印也然據鄭跋則景定時此板尚存而鄭所重梓者今復不存矣
今得見馮君星實所鈔補第三十七卷附錄惠守方南圭一詩已為大
快而景定全本未知落何處也嘉慶丁巳中秋方綱識

註東坡先生詩卷第十一

吳興施氏

吳郡顧氏

詩六十六首 起守高密盡歸京師

和文與可洋川園池三十首 唐地理志 洋州洋川郡武德元年析梁州之西鄉黃金興勢置

湖橋

[illegible]畫柱照[illegible]曳履行 裴啓語林

[illegible]

石六晚無數戰國之季此文曰之國家韓退之詩瓦影蘂龜魚識君拄杖過橋聲

橫湖

貪看翠蓋擁紅妝文選古詩娥娥紅粉粧纖纖出素手曹子建七啓俯倚金較仰撫翠蓋宋王高唐賦蜺為旌翠為蓋不覺湖邊一夜霜卷却天機雲錦段河南記嵩山有雲錦二谿谿多荷花異於常者王維之記文選木玄虛海賦雲錦散文於沙汭之際韓退之曲江荷花詩撐舟昆明度雲錦脚破兩舷叫吳歌從教疋練寫秋光文選謝玄暉登

三山詩澄江淨如練

書軒

雨昏石硯寒雲色風動牙籤亂葉聲韓淲之送

諸葛覺詩鄴侯家多書插架三萬軸一一懸牙籤新若手未觸庭下已生書帶草使君疑是鄭康成三齊略記鄭康成居不其城南山中教授山下草如薤葉長尺餘人號康成書帶草

冰池

不嫌冰雪遶池也似詩人巧耐寒杜子美詩

竹

晚節先生道轉孤（文選[illegible]詩晚節[illegible]）歲寒

唯有竹相娛（論語歲寒然知松柏之後凋也）麤才杜牧

眞堪笑（白樂天荅賈舍人詩一別承明三領郡從教人道是麤材北夢瑣言）

（唐自大中以來以兵為戲廊廟之上恥言韜略就有如盧蔡薛能者目為麤材）嘆

作軍中十萬夫（杜牧之晚晴賦竹林外裏兮十萬丈夫甲刃樅樅密陣而環侍）

荻浦

雨折霜乾不耐秋白花黃葉使人愁李太白鳳凰臺詩長安不見使人愁月明小艇湖邊宿便是江南

鸚鵡洲九域志鄂州古跡有鸚鵡洲庾信治渭橋詩春洲鸚鵡色流水桃花香李太白漢陽輔錄事詩鸚鵡洲橫漢陽渡

蓼嶼

秋歸南浦蟪蛄鳴家語孔子[illegible]我曰違山十里蟪蛄之聲猶在於耳文選江文通別賦送君南浦傷如之何宋玉子遁當以蟪蛄[illegible]秋作落

橫湖沙〻明[illegible]寒[illegible]生子[illegible]詩[illegible]王

望雲樓

陰晴朝暮幾回新已向虛[illegible]人[illegible]

世界如虛空如蓮華不着水出本無心歸亦好陶淵明歸去來辭雲無心而出岫白樂天詩[illegible]雲晴歸山白雲遙似望雲人

天漢臺

漾水東流舊見經尚書嶓冢導漾東流為漢孔安國曰泉始出山為漾水東流為沔水至漢之東行為漢水銀潢左界上通靈文選謝希逸月賦斜漢左界北陸南躔此臺試向天文覓閣道

中間第幾星漢天文志天一紫宮後十七星絶漢抵營室曰閣道

待月臺

月與高人本有期挂簷低戶映蛾眉鮑照翫月詩娟娟似蛾眉只從昨夜十分滿漸覺冰輪出海遲

二樂樹

此間眞趣豈容談二樂并[illegible]仁智更煩訶妄見[illegible]仁者樂山[illegible]

[illegible]詩[illegible]

參
氏
瀟[illegible]
聞道池亭勝兩川應須爛竹[illegible]杜
醉是生涯位宅詩 勸君多揷長腰[illegible]山[illegible]詩長鑱憶昌谷
消破耳中萬斛泉江米熟小斛棗花香
吏隱亭文隱出汝南先賢傳鄭欽事
縱橫憂患滿人間頗怪先生日日閑昨夜
清風眠北牖晉陶潛傳嘗言夏月虛閑高臥北牕之下清風颯至自謂羲皇上人
朝來爽氣在西山晉王徽之傳為桓沖騎兵參軍沖曰

卿在府日久比當相料理微之不荅直以手板拄頰云西山朝來致有爽氣

霜筠亭

解籜新篁不自持文選任彥昇贈郭桐盧詩悲歡不自持嬋娟已有歲寒姿文選嘯賦蔭脩竹之嬋娟白樂天悟眞寺詩亂竹低嬋娟孟東野嬋娟篇竹嬋娟籠曉煙要看凜凜霜前意須待秋風掃落時

無言

殷勤彎首雛

[illegible]是[illegible]

問維摩詰我[illegible]是入不二法門

[illegible]曰善哉善哉[illegible]無有字語言是眞[illegible]二法門

露香亭

亭下佳人錦繡衣滿身瓔珞綴明璣西域記西域國人首冠花綴身衣瓔珞

曉香消歇無尋處文選鮑明遠城東橋詩容華坐消歇

花已飄零露已晞毛詩湛湛露斯匪陽不晞文選謝惠連雪賦從風飄零潘仁籍田賦若湛露之晞朝陽

涵虛亭

水軒花榭兩爭妍秋月春風各自偏惟有

此亭無一物（傳燈録六祖偈云本來無一物何處惹塵埃）坐觀

萬景得天全

谿光亭

決去湖波尚有情却隨初日動簷楹谿光

自古無人畫難似新詩與寫成（古詩話云詩人以畫為無聲詩詩為有聲畫梅聖俞云詩須狀難寫之意如在 含不 言

外）

木也 人與 納 風 [illegible]

一笑 廣 亮 之 也 謂 談 道

不也 大矣 壯 相 劉 與

水翁蘭落翠毛衣

披錦亭

烟紅露綠曉風香燕舞鸎啼春日長 孟東野 傷

春詩 鸎啼燕語荒城裏白樂天牡丹芳 詩戲 蝶雙舞看人久殘鸎一聲春日長 誰

道使君貧且老繡屏錦帳咽笙簧

禊亭 司馬彪續漢禮儀志三月上巳官民並禊飲于東流

水上

曲池流水細鱗鱗何遜下方山詩鱗鱗水逆去瀰瀰急還舟高會傳觴似洛濱晉束晳傳武帝問三日曲水之義晳曰昔周公城洛邑因流水以泛酒又秦昭王以三日置酒河曲見金人捧水心之劒因此立為曲水又選顏延年應詔讌曲水詩李善曰水經注云舊[illegible]游苑宋元嘉十一年以其地為曲[illegible][illegible]引[illegible]轉[illegible][illegible]詩紅粉翠娥[illegible][illegible]不[illegible]文選古詩娥娥紅[illegible][illegible]馬[illegible][illegible]娥畫[illegible][illegible]於人

何言[illegible]歲其

向 雷[illegible]二[illegible]龜[illegible]量[illegible]不[illegible]力傳曰[illegible]乃滿

有[illegible]龜在江南嘉林中常巢於芳蓮之上
抱朴子千歲[illegible]巢於蓮葉或在叢蓍之下

郗昂樂府解題江南曲漢魏樂府歌所
奏古詞云江南可採蓮蓮葉何田田

茶蘪洞

長憶故山寒食夜野荼蘪發暗香來 顧況 [illegible]

花木詩暗 香披綠蕙 兮無素手籌羅髻 文選曹子建美女篇攘袖 見素 手 且折霜蕤浸玉醅

篔簹谷 異物志篔簹生水邊長數尺圍一尺五六寸一節相去六七寸廬陵界有之始興以南尤多

漢川脩竹賤如蓬斤斧何曾赦籜龍 盧仝寄男抱孫詩竹林吾最惜新筍好看守萬籜抱龍兒攢迸溢林藪吾眼不見心腸痛如攪籜龍正稱冤莫殺入汝口丁寧屬[illegible]汝活籜龍否 料得清貧饞太守[illegible]千畝在胸中 史記貨殖傳渭川千[illegible]竹其人與千戶侯等 [illegible]篔簹谷偃竹[illegible]六與可[illegible]晚公[illegible]詩失

花貴[illegible]風[illegible]花流

水[illegible]名肥 續[illegible]傳[illegible]和漁父詞云西塞山[illegible]白鳥飛桃花流水鱖魚肥青箬笠綠蓑衣斜風細雨不須歸

野人廬

少年辛苦事犂鉏 左傳昭公三十年子西曰吳光視民如子辛苦同之將用之也韓退之贈唐衢詩手把鋤犂餓空谷

剛厭青山遶故居老覺華堂無意味 文選嵇叔夜琴賦華堂曲宴密友近賓

却須時到野人廬柳子厚韋使君詩稍窮樵客路遙駐野人居

此君菴晉王徽之傳嘗寄居空宅中便令種竹或問其故曰何可一日無此君耶

寄語菴前抱節君與君到處合相親寫眞

雖是[illegible]夫子杜子美丹青引必逢佳士亦寫眞我亦眞堂

作[illegible]東坡墨君堂記為文與可作也云王子猷謂竹君天下從而[illegible]之無

[illegible]輿[illegible]以[illegible]象[illegible]須[illegible]

吟叢

南園

不種千桃與綠楊使君應欲候農桑春畦

雨過羅紈膩夏壠風來餅餌香

北園

漢水巴山樂有餘一麾從此首歸塗文選顏延

年五君詠屢薦不入官一麾乃出守杜牧之將赴吳興詩擬把一麾江海去北

園草木憑君問許我他年作主無

寄題刁景純藏春塢

白首歸来種萬松景純藏春塢前有岡皆種松東坡有詩云爲君栽插萬松岡

待看千尺舞霜風年抛造物陶甄外埏甄周天在和乎

春在先生杖屨中禮記君子欠伸撰杖屨

[illegible]柳長[illegible]活[illegible]櫻桃爛熟[illegible]皆紅

白[illegible]暗[illegible]平熟

[illegible]裏

東[illegible]色下[illegible]相頭
寺以芍藥供佛[illegible]人[illegible]聚最盛凡七千餘朶
皆重樓累萼繁麗豐碩中有白花正圓如
覆盂其下十餘葉稍大承之如槃姿格絶
異獨出於七千朶之上云得之於城北蘇
氏園中周宰相莒公之别業也而其名俚
甚乃為易之

雜花狼籍占春餘史記淳于髡傳杯盤狼籍芍藥開時掃地無韓文公詩火燒水轉掃地空兩寺凝成寶瓔珞西域記西域國人首冠花鬘身衣瓔珞一枝爭看玉盤盂佳名會作新翻曲陶淵明斜川詩序有愛佳名欣對不足劉禹錫楊柳枝詞請君莫奏前朝曲唱取新翻楊柳枝絕品難尋舊畫圖從此定知年穀熟姑山親見雪肌膚莊子逍遙遊姑射之山有神人居焉肌膚若冰雪綽約若處子

花

實容

子君　　安　　文記　　傳

史記我有負郭田　豈能佩六國相印乎　不奇羊屬國首　呂　討　漢蕭

武使單于使牧羝羊　後歸京師拜典屬國　吾家豈與花相厚更

問殘芳有幾枝

和潞公超然臺

我公厭富貴常苦勳業壽　北史楊素傳謂　文帝曰但恐富

貴來逼臣臣　無心圖富貴　相期赤松子　漢張良傳願棄　人間事從赤松

子游顏師古曰赤松子仙人號神農時為雨師事見劉向列仙傳永望白雲岑清風出談笑毛詩穆如清風萬竅敖為號吟莊子齊物論大塊噫氣其名為風是唯無作作則萬竅怒號今成超然詩洗我蓬之心莊子逍遙游夫子猶有蓬之心也夫嗟我夲何人樂毘強冠襟晉陸雲傳山鹿野麋白樂天詩自憐野物將何用土不形骸纍塵[illegible]身微空毛詩忘大心勞所[illegible]者非[illegible]亥
淺[illegible]詩[illegible]王[illegible]

深

及几貝改　義　一　盡　才

[illegible]送張景[illegible]之詩揮金衆年歲
宗金暮不與傲[illegible]義戲簡鄭廣文詩郭

有蘇司業時時與酒錢漢陸
賈傳槖中裝賣千金分其子

聞喬太博換左藏知欽州以詩招

飲

今年果起故將軍東坡先有鐵溝行贈喬
云今年定起故將軍故

此云果且曰信有神也漢李廣傳覇陵尉
醉呵止廣廣騎曰故李將軍尉曰今將軍

尚不得夜行何故也居無何匈奴入遼西上乃召拜廣右北平太守幽夢清

詩信有神柳子厚詩月明空堦曙幽夢雲生杜子美獨酌詩醉裏從為客詩成覺有神馬革裹屍眞細事後漢馬援傳男兒要當死於邊野以馬革裹屍還葬耳何能臥床上在兒女子手中邪虎頭食肉更

何人後漢班超傳相者曰生燕頷虎頭飛而食肉此萬里侯相也陣雲

[illegible]歷黃蕣齋史[illegible]天[illegible]書陣雲如立垣[illegible]言[illegible]白[illegible]書傳雲干[illegible]秋蓬

卷終黃蕣齋[illegible]

千里手錄

七之七

杜

芸草相

補將……凡……公……上

詩戲之

破面哀鳴出素虬（從漢馮衍賦驅素虬而馳騁兮）倦看鵝兒鵝聽呦呦（孟子於陵仲子人有餽其兄生鵞者曰惡用是鶂鶂者為哉毛詩呦呦鹿鳴食野之華）明朝只恐兼烹鶴（雲谿友議韋鵬翼題盱眙邵明府壁云自從煮鶴燒琴後背却青山卧明月李義山雜纂殺風景事十一其一燒琴煮鶴）此去還須却佩牛（漢龔遂傳為渤海太守民有帶

持刀劍者曰何為帶牛佩犢便可先呼報恩子詒退之送石處

士詩忽騎將軍馬首號報恩子不妨仍帶醉鄉侯唐王、績傳撰醉

鄉記以配劉伶酒德頌皮日休夏日詩他年謂帝言何事請贈劉伶作醉侯他

年萬騎歸應好文選班孟堅東都賦萬騎紛紜奈有移文

在故丘文選孔稚珪北山移文引云周彥倫先隱北山後出為海鹽令欲還

山稚珪[illegible]假山靈之意作文移之不許其至

自[illegible]怨[illegible]義
中[illegible]宗[illegible]安[illegible]請
詔章分[illegible]擇以北諸[illegible]體
不肯對治通判滑州知鄆州
從湖齊二洲東坡自密[illegible]去
過齊許之公擇以詩拍[illegible]次
韻二首在本卷元祐[illegible]爲戸
部尚書御史中丞龍圖閣直
學士知
成都卒
白髮相望兩故人眼看時事幾番新曲無
和者應思郢文選宋玉對楚王問客有歌
於郢中者其始曰下里巴人

屬而和之數千人其為陽阿薤露屬而和
之數百人其為陽春白雪屬而和者數十
人引商刻羽雜以流徵屬而和者
不過數人其曲彌高其和彌寡

論少年

之且借秦

漢張釋之傳釋之言便宜事文
帝曰卑之毋甚高論令今可行

於是言秦漢間事漢賈山傳言
治亂之道借秦為諭名曰至言

歲惡詩人無好語

東坡子公律來詩皆道呉中飢苦
之故李賀詩沙路歸來聞好語旱

丈不洗[illegible]
天下同

亦不長鰥守與誰

[illegible]東坡云賈父近
裘妻益老而

無建[illegible]
曰[illegible]

[illegible]思多

無[illegible][illegible][illegible]單[illegible]留[illegible]

城四

[illegible]門[illegible]先生

曜[illegible]黠駒[illegible]騶方[illegible]記秦京皇紀太史公[illegible]未及下咽酒未及[illegible]

蝗蟲撲面已三回磨刀入谷追窮寇兵法窮寇

勿追灑涕循城拾棄孩為郡鮮歡君莫歎文選

陸士衡苦寒行慘愴常鮮歡猶勝塵土走章臺漢張敞傳為京

兆尹無威儀時罷朝會過走馬章臺街公烏臺詩話云時朝廷新法減削公使錢及

造酒不得百石致管絃生衣甑有塵及言蝗蟲盜賊災傷飢饉之甚

寄黎眉州

黎眉州名錞字希聲蜀人東坡手澤云希聲治春秋有家法文忠公喜之然為人質[illegible]遲緩劉貢父戲為黎檬子家以為指其德不知檬子真是木也一日聯騎出市人有鬻之者大笑幾落馬今吾謫海南所居有此木霜實纍然二君皆入鬼録坐念故友之風味豈可復得劉固不泥方世黎亦能文字不苟隨者王介甫素不喜春秋目一斷爛朝是時介甫方得志故云治

方之春秋學[illegible]公有造

年……以曰……清

澄之曰再山守如峨眉焉治經方笑春秋學韓退之寄盧仝詩春秋三傳束高閣獨抱遺經究終始好士今無六一賢執界云君以春秋受知歐陽忠公公自號六一居士又且待淵明賦歸去南史陶潛字淵明為彭澤令解印去縣賦歸去來東坡眉人黎六守眉故云淵明賦歸去共將詩酒趁流年白樂天詩流年以江水奔注無晝

和趙郎中捕蝗見寄

趙郎中成伯時官制未改以尚書郎倅密州成伯先為眉

之丹稜令邑人稱之通守臨
淮先生移守膠西又佐是邦
為人簡易踈達表裏洞然動
於吏職視官事如家事先生
為成伯作廳壁記稱予之此
卷有趙郎中見和七月五日
詩戲復荅之莒照歸遺碧香
酒留别擇迦院牡丹呈趙倅
三詩皆為
成伯作也
麥穗人許長穀苗牛可沒韓退一稍畦詩魚把已秀觽
沒汝觀初天公獨令之白蛙蟲壯驅擾著令
典嚴
弍

旦謁 如唔

澮 音膾 取古 澮距川 口決流渤 相灑瀉

孟諸往來供十吏 西漢陳遵為河南太守王官召書吏十人私書謝

京師故人遵憑几口占書與白時又唐王勮傳為鳳閣舍人壽春等五王出閣有司

具儀忘載冊文羣臣已在方悟其闕勮召五吏執筆分占其辭粲然 腕脫不

容歇 唐蘇頲傳為中書舍人時書詔填委口所占授輕重無所差書吏白曰丐

公徐之不然手腕脫矣 平生輕妄庸熟視笑魏勃 漢高

五王傳灌嬰聞魏勃本教齊王反使使召責問勃勃退立股戰而栗恐不能言者灌

將軍熟視笑曰人謂魏勃勇妄庸人耳愛君有逸氣詩壇專

斬伐杜牧詩誰登李杜壇民病何時休吏職不可越

漢宣帝紀吏或越職踰法以取名譽譬猶踐薄冰以待白日豈不殆哉愼無

及世事白樂天重題詩定遠白此心長別世事從今口不言向空書

咄咄音殷浩傳雖被放黜口無怨言但終日書空作咄咄怪事四字而已

登壹山絕頂廣疆

西望穆陵關六世家先君昔君一海

河南沂州唛齊修東與王

武卄　六　去惡恩

虞舜蒼梧雲正愁遂　袁虞謝諫共漢慕山本何

玉川子見山清風欲歸去嗟我二三子論語二三子之言也韓退之山石篇嗟我吾黨二三子狂歛亦荒哉紅雲欲仙去

長笛有餘哀清歌入雲霄妙舞纖腰回趙飛燕外傳初享河陽主家為舍直宵為歌舞帝嘗與后坐瀛洲榭上后歌歸風送還之曲帝以文犀簪擊玉甌令后所愛侍郎馬無方吹笙以倚后歌中流歌酣風大起后揚袖曰仙乎仙乎去故而就新順風揚音無方長噏細擲與相屬帝曰無方為我

持后擔筌持后履又之風霽后泣曰帝恩
我使我仙去不得悵然曼笑泣數行下他
日宮姝或驪囊為緺號留仙囊又飛燕舞
胥宛轉若流風之回雪事見白氏六帖之
歲華紀麗文選古詩一彈再三歎慷慨有
餘哀謝靈運擬鄴中詩清歌拂梁塵訃悲
逸乃武收
舞陁清縣
自從有此山晉羊祜傳自有宇宙便有此山白
石封蒼苔何豈有此樂將去復徘徊楚辭九思
周徘徊兮漢渚
人生一如朝露漢蘇武傳[illegible]陵謂武曰人生如[illegible]何[illegible]久
自古如[illegible]
白髮日[illegible][illegible]客[illegible][illegible]
何言[illegible]䫻[illegible]功

膠西先生趙明叔家貧好飲不擇酒而醉常云薄薄酒勝茶湯醜醜婦勝空房其言雖俚而近乎達故推而廣之以補東州之樂府既又以為未也復自和一篇聊以發覽者之一噱云耳

薄薄酒勝茶湯麤麤布勝無裳醜妻惡妾勝空房五更待漏靴滿霜李肇國史補舊百官早朝必立

馬於望仙建福門外宰相即於光宅東坊以避風雨元和初始置待漏院舊唐書憲宗紀亦云白樂天晏起詩早朝霜滿衣

不如三伏日高睡足

北牕涼白樂天詩酒醒夜深後睡足日高時晉陶潛傳夏月虛閑高臥北牕之下清風颯至自謂羲皇上人

珠襦玉柙萬人相送歸北

邙西京雜記漢制諸陵皆珠儒玉匣形如鎧甲以金縷之後漢大喪志亦云太平寰宇記楊佺期洛城記云北邙連亘四百餘里實古今東洛九原之地也晉張京陽七哀詩北何纍纍高陵四五借問誰墳皆云漢世

不如

百結

文華

篇臧挾策讀書問　博塞以遊

同其於亡羊也伯夷死名　首陽盜跖死利於東陵之上二人所死不同

於殘生傷性均也奚必伯夷之是而盜跖之非乎不如眼前一醉

是非憂樂兩都忘韓退之忽忽詩生死哀樂兩相棄是非得失付閑人

薄薄酒飲兩鍾麤麤布著兩重美惡雖異

醉暖同醜妻惡妾壽乃公古樂府應璩道上逢三叟詞云道上逢三叟何以得此壽中叟前致詞室內妻妾醜漢高祖紀幾敗乃公事

隱

居求志義之從 論語隱居以求其志行義以達其道吾聞其語矣未見其人也

本不計較東華塵土北牕風 東坡從駕景靈宮詩註云前輩戲語有西湖風月不如東華軟紅香土北牕風見前篇註一百年

雖長亦有終畱死未必輸生窮但恐珠玉留君容千載不朽遭樊崇 漢王莽傳赤眉樊崇等入關燒長安宮室爲墟宗廟園陵皆發[illegible]唯霸陵杜陵完文帝霸陵宣帝杜陵後[illegible]劉公子傳赤眉發掘[illegible]陵凡有玉匣殮者率皆如生[illegible]遂多行滛

欺盲聾 [illegible]子者無以與乎文章[illegible]無[illegible]以[illegible]鐘

悲憂集

同年中甫挽詞

王中甫名介三衢[illegible][illegible]與[illegible]甫同學舉進[illegible]以[illegible]作佐郎中嘉祐六年直言極諫科東坡入三等中甫四等為秘書出知靜海縣除秘閣挍勘熙寧初介甫被召不復辭中甫寄詩曰草廬三顧動幽蟄蕙帳一空生曉寒蓋有所諷介甫後賦詩云丈夫出處非無意猿鶴從來自不知為中甫發也介甫既得政神宗轉對羣臣中甫進疏云顒吐

下師心勿師人帝納之以
喻介甫且以奏疏示之介甫
不樂深闢其言會考開封試
與劉貢父言語徃復御史劾
之罷判鼓院歸館知潁州去
郡卒官止祠部郎中元豐七
年坡在京口又作中
甫哀詞載二十二卷

先帝親收十五人東坡云仁宗朝賢良十五人今惟富鄭公張宣徽鉞純甫及余與舍弟在耳四方爭看軒鵬鶱莊子逍遙北冥有魚其名鯤化而為鳥名為鵬鵬之[illegible]不知其幾千[illegible]

眞堪男貞[illegible]

遺迹子原貫京孫權之之万棄國之二國詩正至王不顧其民一國之遺迹焉宿草猶應有淚痕禮記朋友之宿草而不哭焉

七月五日二首

法令所載尋醫爲去官入務乃住理其詩中所用毒此後一詩答莊郎中成伯又申言之

避謗詩尋醫唐陸贄傳避謗不著書畏病酒入務晉顧榮傳謂張翰曰惟酒可以忘憂但無如作病何蕭條北總下漢揚雄羽獵賦蕭條數千里外長日誰與度杜子美懷鄭十八詩歲月誰與度

今年苦炎熱唐柳公權傳文宗夏日聯句曰人皆苦炎熱我愛夏日長

草木困薰煮況我早衰人幽居氣如縷杜子美火詩流汗臥江亭更深氣如縷

秋來有佳興秫稻已含露還復此微吟漢中山靖王傳雍門子壹微吟文選魏文帝燕歌行短歌微吟不能長

誰和糟床注杜子美羌村詩預知秫黍收已覺糟床注

何處[illegible]新秋[illegible]蕭然北臺上[illegible]乘[illegible]已幾屬

所見清[illegible]聳孤翠林表浮遠漲文選謝玄[illegible]

休[illegible]新[illegible]劉[illegible]詩[illegible]

新來 赤換
[illegible]西屆去文選謝靈運廬陵王墓下詩落日弔來方萬竅
含悽悽莊子大塊噫氣其名為風作則萬竅怒號念當急行樂
漢揚惲傳人生行樂耳須富貴何時白髮不汝放白樂天詩紅顏今日
雖歎我白髮他年不放君

趙郎中見和戲復荅之
趙子吟詩如潑水韓退之寄崔立之詩文如翻水成初不用意為
一揮三百八十字奈何效我欲尋醫恰似
西施藏白地白樂天簡簡吟十二行坐事調品不肯迷頭白地藏趙

子飲酒如淋灰一年十萬八千盃李太白襄陽歌云百年三萬六千日一日須傾三百盃若以歲計則當十萬八千杯矣若不

令君早入務飲竭東海生黃埃神仙傳麻姑曰海中行復揚塵鮑照蕪城賦直視千里外唯見起黃埃我襄臨政多繆

錯漢董仲舒傳臨政願治羨君精采如秋鶚北夢瑣言符載為劉闢眞贊云靈螭出水秋鶚乘風頻哀老子今可飲後漢馬援為隴西太守任吏以職但總大體而已諸曹白事輒曰此丞掾之任何足相煩

使[illegible]詩[illegible]游蓮絲[illegible]能若逢嗜主

資

晉也

少無 二學

周郃字開祖錢塘人事見華六卷刊郃游北山詩東坡

守杭三年與開祖數從湖山之游見於酬倡故云西湖三

載與君同是時開祖為樂清令雁蕩山實在境內

指點先憑採藥翁杜子美少年行指點銀缾索酒嘗後漢龐公傳入鹿門山采藥

丹青化出大槐宮異聞集淳于棼醉夢二紫衣吏召棼曰大槐安國王致命以為南柯太守

眼明小閣浮煙翠嵐

冷新詩嚼雪風二華行觀雄陜右文選張平子西

京賦綴以二華九仙今已歷京東 東坡云將有湘河
註太華少華也
中峯邇太華九仙在東此生的有尋山分
武奇秀不減鴈蕩也
杜子美詩自斷已覺温台落手中杜子美將適吳
此生休問天
楚詞不意青草湖扁舟落吾手白樂天
泛春池詩天與愛水人終焉落吾手
西湖三載與君同馬入塵埃鶴入籠顧況酬柳
詩
身為東海獨來看出日尚書堯典寅賓出日
秦始皇作石橋欲過海看日出
石下海石去不速輒鞭之
記天不

谷

老未

亍酴郫筒 華陽風俗記郫縣 竹爲筒醾 中[illegible]

以蕉葉信宿香達於外然後
筒酒成都記郫縣因水得名

送碧香酒與趙明叔教授

趙明叔教授膠西人東坡守
密先賦薄薄酒詩贈之元豐
八年冬赴文登過密州有次
韻趙明叔喬禹功有先生昔

舊廣文
貧之句

聞君有婦賢且廉勸君慎勿爲楚相 史記 滑稽

傳優孟善楚相孫叔敖兒其子窮困負薪優孟即為叔敖衣冠談語以見莊王王欲以為相優孟曰請歸與婦計之後復來曰婦言慎勿為楚相不足為也如孫叔敖之為楚相盡忠為廉以治楚楚得以霸今死其子無立錐之地必如叔敖不如自殺於是莊王謝優孟召叔敖子封之寢丘以奉其祀韓詩外傳孔郭先生事同

不羨紫駞分御食杜子美麗人行紫駞之峯出翠釜水精之盤行素鱗黃門

生不 壓 八珍

自遣赤脚沽村釀韓退之寄盧仝

頭不裹頭一婢赤脚 齊 村酒 影

老狂

大 生

今 醜

無

嘗聆不見社下饞頭董齒齕竟死

其沓

下家香部尉王誘家醲也楚辭不系九歌帝子降兮北渚註帝子謂堯女娥皇女英也

鵞兒破殼酥流盎杜子美詩鵞兒黃似酒對酒愛新鵞

不學劉伶獨自飲晉劉伶傳求酒於妻妻涕泣諫曰君酒太過必宜斷之伶曰善吾不能自禁惟當祝鬼神自誓便可具酒肉妻從之伶跪祝曰天生劉伶以酒為名一飲一斛五斗解酲婦兒之言慎勿可聽仍引酒御肉塊然復醉

一壺往助齊眉餉後漢梁鴻傳其妻孟

光為具食不敢於鴻
前仰視擧案齊眉

趙既見和復次韻荅之

長安小吏天所放莊子馬蹄篇一而不黨命曰天放日不
歌呼和丞相漢曹參傳相舍後園近吏舍吏舍日飲歌呼參聞之反取
酒大歌呼相和豈知後世有阿瞞三國志魏武帝紀小字阿
吹前私釀後漢孔融傳曹操以年飢兵興表制酒禁
一滿每悵之錐駛壹比海相
無酒丁寔矣
昨一國

[illegible]百[illegible]

云近制[illegible]政法甚[illegible]生

[illegible]傳待詔門[illegible]事上給酒日三升或問待[illegible]何樂答

[illegible]戀[illegible]侍中陳叔達聞斗[illegible]稱斗酒學士日飲如何紵

人爰盎漢爰盎使為吳相辭行兄子種謂曰南方卑濕絲能日飲亡何說王毋反而已如此幸得脫盎字絲更將險語驚衰翁韓退之贈張祕書詩險語破鬼膽只恐自是臺無餽孟子句是臺無餽也

二趙郎中往莒縣逾月而歸復以一

壺遺之仍用前韻

東鄰主人游不歸列子天瑞篇游於四方而不歸者何人哉悲

歌夜夜聞舂相陶淵明楚調示龐鄧詩慨時悲歌鍾期信為賢[illegible]

禮舂不相史記商君傳童子不歌謠舂者不相杵此五羖大夫之德也門前

人鬧馬嘶急一家喜氣如春釀王事何曾

忘獨賢室人豈忍交謫謗毛詩以從王事我獨賢勞又大

為、從事獨賢又王事彰我政事我[illegible]自外室人交徧讁我大

[illegible]限[illegible]之贈張籍[illegible]月兒[illegible]

詩ㄩ 劣言 諳諱史 傳九

韓退之醉贈張秘書詩長安眾富兒盤饌羅羶葷不解文字飲惟能醉紅裙雖得一餉樂有如聚飛蚊

蘇潛聖挽詞

蘇潛聖名泳成都新繁人舉進士知乾州邛州官至職方郎中致仕其子名槩亦登第終著作郎

妙齡馳譽百夫雄 文選孔稚圭北山移文馳譽於浙右王仲宣詠

史詩生為百夫雄晚節忘懷大隱中文選謝靈運擬古詩昭[illegible]值衆賢王康琚反招隱詩小隱隱陵藪大隱隱朝市悃愊無華貞漢吏後漢章帝紀元和一年詔曰安靜之吏悃愊無華公孫述傳雖為漢吏無所資憑文章爾雅稱吾宗漢儒林傳文章爾雅訓辭深厚左傳昭公四年曾以先子故將存吾宗豈時肯負平生志杜子美詩出門首[illegible]有以應不死同左傳昭公十六年季平子有子[illegible]三國吳張温當人誰為[illegible]與孫權同[illegible]

[illegible]吳[illegible]傳

西[illegible]
黿[illegible]八七
吾同年名縱字羲叔時提點兩浙刑獄置司杭州羲[illegible]
事見第十卷湊西湖寄黿羲叔同年詩註
仰看鸞鵠刺天飛韓退之祭柳子厚文一斥不復羣飛刺天冨
貴功名老不思病馬已無千里志晉王敦傳每酒
後輙詠魏武樂府歌曰老驥伏櫪志在千里烈士暮年壯心不已騷人長
負一秋悲楚辭宋玉九辯悲哉秋之為氣也蕭瑟兮泬寥又皇天分平四

時兮竊獨悲此凛秋古来重九皆如此杜牧之九日詩古往今来只如此牛山何必獨沾衣

別後西湖付與誰張祜詩孔雀羅衫付阿誰

遣子窮愁天有意吳中山水要清詩史記虞卿傳太史公曰虞卿非窮愁亦不能著書以自見於後世云白樂天讀李杜集詩大意君須會人間要好詩

送喬[illegible]

[illegible]田[illegible]史記

[illegible]

我有[illegible]

蠶省陽雜諸枪朴

者置其上雞兒之畡者

本草川有蛮邑味苦蝕叫黃漬荼作之黃廿経河南門下

二箋本証孤上

客不應萬里向長沙東坡云喬受知於吳衣但云施米風土大

顏長沙漢賈誼傳河南守吳公聞其秀才召置門下誼後為長沙王太傅

雪夜獨宿栢仙菴

晚雨纖纖變玉霙韓退之晚雨詩廉纖雨不能晴韓詩外傳雪花曰霙

小菴高卧有餘清宋書袁粲閑居高卧門無雜賓蒼夢

簷忽有穿牕片文選謝惠連雪賦始緣甍而冒棟終開簾而入隙

夜靜惟聞瀉竹聲杜荀鶴雪詩江湖不見飛禽影巖谷惟聞折竹聲

聲稍壓冬溫聊得健未濡秋旱若為耕天

公用意眞難會又作春風爛漫晴李太白答丁[illegible]一詩待得明朝酒醒罷與君爛漫尋春暉

柘孔制林 寄

先醒

可居
與王
御遷
矢州來
乃西辛周翰序坡密州為
仍來至此詩先之是時官制
未行曾官為郎既合符而去
青州道上大雲懷東武園詩
寄周翰詩在本卷周翰寄五
絕和章又和二絕荅求書與
詩在第十二卷及十三卷周
翰名父子繼坡為東武契好
日篤倡酬相屬其知敬賢哲
如此宜為司馬公所深知也
坡為周翰作虔州八境圖詩
送周翰赴陜郊詩並在十三

卷

秋禾不滿眼杜子美入奏行為君酤酒滿眼酤宿麦種亦

稀漢食貨志董仲舒口願詔大司農使關中益種宿麦永媿此邦人

芒刺在膚肌漢霍光傳上內嚴憚之若有芒刺在背平生五

千卷北史崔儦傳大署其戶曰不讀五十卷書者無得入此室三國遺録魏文

帝文為當代所宗讀書五千卷許登閱書觀登者十六人盡以奈夫三號皮括腸

雖有文字五千卷一[illegible]日後漢廉范

傳子[illegible]郡太

之[illegible]生

武[illegible]山

志古焉縱輪

未及郊楊惲六年帝鼓離

清風已先馳毛詩吉甫作頌穆如清風作句以景君子十

萬貧與瀛溢滔滿四方論語滔滔者天下皆是也哉行

竟安之何時劒閣路九域志劒門關隸利州路春山間

子規鄭谷子規詩春山無限好猶道不如歸

留別雩泉

東坡雩泉記常山西南有泉乃琢石為井作亭其上而名

之曰雩泉古者謂吁嗟而求雨曰雩

舉酒屬雩泉韓退之詩一杯相屬君當歌白髮日夜新王維送丘為詩為客黃金盡還家白髮新何時泉中天復照泉上人二年飲泉水魚鳥亦相親世說晉簡文在華林園謂左右曰會心處不必在遠翛然林水便有濠濮間趣覺禽鳥自來親人還将弄泉手遶日一西去杜牧之涂中絕句惆悵江湖釣竿手却遮西日向何縣隔千里秦縁西秦也

使君　歲

何窮已花似　十年、歲花　希夷

相似歲歲年年人不同去

崔護若重去　本京兆博陵崔護清

明日游都城南從居人家求飲叩門久之
有女子自門隙窺之以杯水至而獨倚小

桃佇立意屬殊厚明年復往門扃如故而
扃鎖之因題詩於左扉曰去年今日此門

中人面桃花相映紅人面不
知何處去桃花依舊笑春風

前度劉郎在

千里

劉禹錫重游玄都觀詩百畝中庭半
是苔桃花淨盡菜花開種桃道士知

何在前度劉
郎今獨來

董儲郎中嘗知眉州與先人游過
安丘訪其故居見其子希甫留詩
屋壁

董儲寶元二年以都官員外郎守眉東坡集云密州安丘人能詩有名寶元慶曆間書尤工而人莫知僅以[illegible]勝

[illegible]坡離[illegible]

白髮郎潛 六

其[illegible]
同

敢忘、　　拙

士死知己懷
徂沒之後路一

沃酹車過三
步腹痛勿怨 一下[illegible]曩重相濟 國步
仲舒 門

是一

人過必下馬故號下馬
陵而語訛謂蝦蟇陵 冬月負薪雒徂乞

雒字一作那禮記問膝下之子長曰能負
薪矣史記滑稽傳孫叔敖死其子窮困負

薪 文選謝靈運擬鄴中詩
已免負薪苦乃游椒蘭室 鄰人吹笛不堪

聞 文選向子期思舊賦序余少與嵇康呂
安居止接近其後各以事見法嵇將西

適經其舊廬鄰人有吹笛者發聲寥亮追
思曩昔游燕之好感音而歎故作賦云

死生契闊君休問毛詩死生契闊與子同說灑淚西南

向白雲杜子美懷舊詩地下蘇司業情親獨有君那因喪亂後便有死生分老罷知明鏡悲來望白雲自從失詞伯不復更論文

劉貢父見余歌詞數首以詩見戲

聊次其韻

十載漂然[illegible]十[illegible]牧之詩十載[illegible]邢[illegible]重[illegible]

作看花詩[illegible]客[illegible]中[illegible]十年[illegible]

還之[illegible]無[illegible]過[illegible]

[illegible]歌[illegible]口[illegible]福

猶未成七史謂言說毀

汝不可不思引竊舌出血戒以[illegible]文有

澄傳澄謂郭舒言指其鼻笑其君[illegible]泪[illegible]痛飲無以餘事孝

伯曰但痛飲酒讀離騷便可稱名士子美醉時歌忘形到爾汝痛飲真吾師

是春容㝡好時

除夜大雪留滁州元日早晴遂行

中途雪復作

除夜雪相留元日晴相送東風吹宿酒瘦

馬兀殘夢杜子美瘦馬行東郊瘦馬使我傷劉駕早行詩馬上兀殘夢馬嘶時復蘸

蔥朧曉光開旋轉餘花弄文選詩鳥散餘花落

下馬成野酌佳哉誰與共須史晚雲合亂

灑無缺空鵞毛垂馬駿白樂天房家夜宴詩門前雪片似鵞毛又雪似毛飛散亂

鵞自怪騎白鳳北夢瑣言曹唐游仙詩不今夜游何處皆騎白鳳

年由古皇吳于定國傳海殺孝婦

郡中枯早三年逃長歎夢鄭食傳農

夫釋耒女下機春亥

尚可

大 東武崑亭寧

超然臺上雪城郭山川兩奇絕李太白越女詞光皆兩絕奇海風吹碎碧琉璃杜子美詩天地黯慘忽異色波濤萬頃堆琉璃時見三山白銀闕史記封禪書三神山其物禽獸盡白金銀為宮闕蓋公堂前雪綠牕朱戶相明滅白樂天望香山詩永浮水明滅堂中美人雪爭姸粲然一笑

玉齒頰穀梁傳軍中粲然皆笑文選郭璞游仙詩靈妃顧我笑粲然啓玉齒

就中山堂雪更奇青松怪石亂瓊絲劉禹錫王秦花詩雪絮瓊絲滿院春羽衣輕步不生塵

惟有使君遊不歸

五更上馬愁斂眉君不是淮西李侍中夜入蔡州縛取吳元濟唐李愬傳討吳元濟師夜起會大雨雪夜入蔡城愬[illegible]元濟請罪檻送[illegible]

又不是襄陽孟浩然長安道上騎[illegible]浩然[illegible]連天漫合[illegible]予[illegible]歸畫

作騎驢[illegible]詠之[illegible]詩酒不飯

眠素[illegible][illegible]河

郊近至郎人
召臣以人毀
下有譏者聞之
至瀛臺相逆次其韻
二首
李公擇寄見太卷之韻劉貢
父李公擇見寄詩註公擇非
湖州東坡以杭倅來會今自
高密官滿過濟南而公擇復
為守
在馬
弊裘羸馬古河濱張籍行路難弊衣羸馬
苦難行童僕盡飢少筋
力
野闊天低糝玉塵何遜詠雪詩時逐微
風起誰言非玉塵

自笑飡氊典屬國漢蘇武傳沒匈奴絕不飲食天雨雪卧齧雪與旃毛并咽之還至京師拜為典屬國來看換酒謫仙人摭言賀知章一見李白呼為謫仙人因解金龜換酒為樂宦游到處身如寄漢司馬相如傳宦游不遂而困文選魏文帝樂府人生如寄多憂何為農事

何時手自親剩作新詩與君和文選張茂先荅何劭詩良朋貽新詩莫因風雨廢鳴晨毛詩風雨如晦雞鳴不已註手羨催儔舞耕抌風雨衣乱雌戕

夜擁笠衣歎雪水

飛

李譽甫
在湖州
廿□亮

回頭樂

得郡有[illegible]為[illegible]遲泓

問故曰過中有[illegible]八口[illegible]奴送之
作郡不見人泣[illegible]方[illegible]四佛[illegible]悲不覺

淹緩泓笑遂以[illegible]
為襄城太守

及逢君是主人聚散細

思都是夢文選謝靈運詩
[illegible]散成[illegible]離

身名漸覺兩非

親老子名與
身孰親

相從繼燭何須問左傳莊公
二十二年

飲齊桓公酒樂
公曰以火繼之

蝙蝠飛時日正晨烏臺詩
話云見

蘇舜舉言自來聞人說一小話云燕以日
出為旦日入為夕蝙蝠以日入為旦日出

為夕蓋譏王庭老
等不分別是非

和孔君亮郎中見贈

偶對先生盡一樽醉看萬物洶崩奔文選謝靈運入彭蠡詩圻岸屢崩奔

優游共我聊卒歲文選潘安仁秋興賦優哉游哉聊以卒歲史記孔子世家優哉游哉維以卒歲

骯髒如君合倚門後漢趙壹傳有秦客者爲詩曰文籍雖滿腹不如一囊錢伊優北堂上骯髒倚門邊

只恐掉頭難久住杜子美送孔巢父詩巢父掉頭不肯住東將入海隨煙霧

應須傾蓋便深論家語孔子之郯遇程子於塗傾蓋語終日甚悅[illegible]

嚴勝風流一云[illegible]文見長身十世孫韓[illegible]八五[illegible]戢首孫山[illegible]廿三十城守一石

嚴弟戢字君[illegible]云公[illegible]八

註東坡先生詩卷第十一

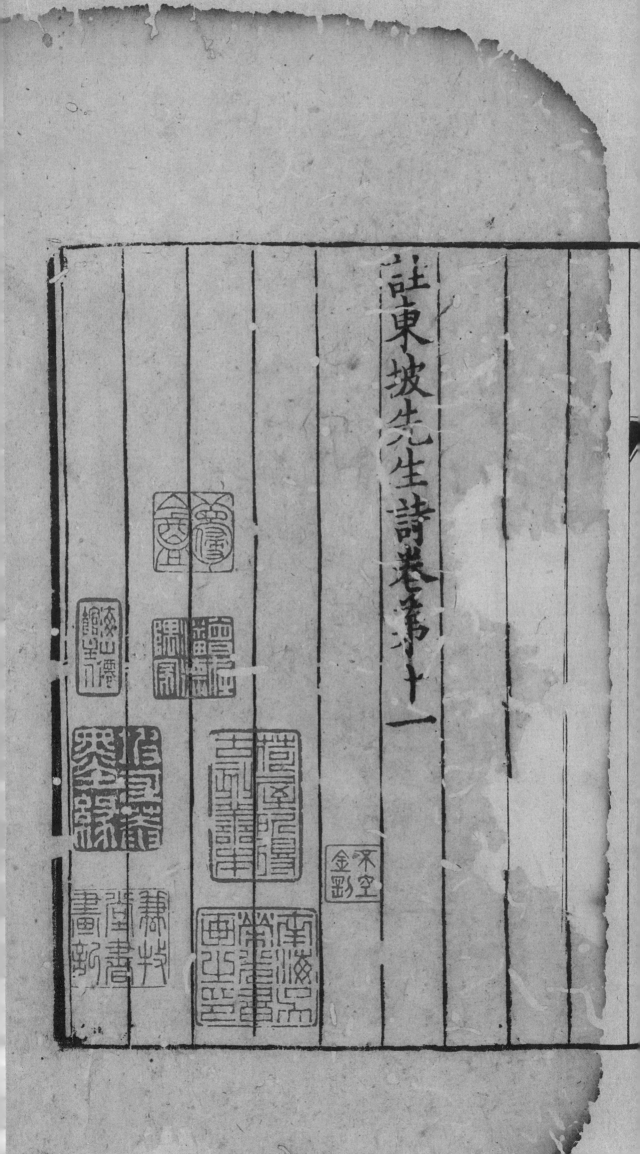

咸豐元年二月二日仁和邵懿辰湘鄉曾國藩任邱邊浴禮善化孫鼎臣

貴筑黃彭年同觀

道光丁酉臘月十六日
孫會三兄邀同人集寓
琹齋預祝 東坡先生
生日列石觀察寫竹推篷擘餘
冬外叔晚羅禮蘭西推篷
以有芸齡日後照上湖羅邑
三三主政酒澗詩觀宗樂
蘇詩書以誌興 東〻

東〻并畫